LA

FÊTE-DIEU

A MAZAS

POÈME

PAR

UN PRISONNIER

De profundis clamavi ad te, Domine!
PSAUMES.

AU PROFIT DES PRISONNIERS

PARIS

E. REPOS, LIBRAIRE-ÉDITEUR

DE LIVRES LITURGIQUES, DE MUSIQUE SACRÉE ET DE CHANT ROMAIN

Rue Bonaparte, 70

1865

A SA GRANDEUR

MONSEIGNEUR DARBOY

ARCHEVÊQUE DE PARIS

GRAND AUMONIER DE L'EMPEREUR

ETC., ETC.

HOMMAGE

DE RECONNAISSANCE, DE RESPECT

ET D'ADMIRATION

« Pour les chrétiens, Dieu n'est pas une force
reléguée au fond d'une solitaire et silencieuse
éternité, ni un créateur dédaignant de gouverner
cet univers qu'il n'a pas dédaigné de produire
oh! non, c'est un père, le meilleur des pères, qu
veille tendrement sur ses fils et ne reste étranger
à rien de ce qui leur importe. Aussi est-il sans
cesse présent à leur esprit et surtout à leur cœur;
ils le reconnaissent et l'adorent dans tous les évé-
nements; au milieu des prospérités privées et
publiques, ils s'inclinent avec amour et gratitude
sous la douceur de ses bienfaits; si au contraire
il les frappe et fait couler leurs larmes, ils se re-
tournent pour baiser, d'une lèvre soumise, sa
main paternelle, qui guérit quand elle blesse, et
qui sauve en corrigeant. »

Mɢʳ DARBOY, *Mandement de 1865.*

—Dans ce morne séjour quelle pompe s'apprête?
L'asile des captifs a pris un air de fête!
Les fronts qui se courbaient, pâles et soucieux,
S'éclairent tout à coup d'un sourire joyeux.
Quel espoir s'est glissé dans les cœurs en détresse?
D'où vient ce changement? pourquoi cette allégresse?
Que va-t-il se passer en ce lieu de douleur,
Où l'on voit réunis le crime et le malheur,
Où tant d'infortunés, trompés par des chimères,
Rachètent leurs erreurs par des larmes amères,

Séjour des longs remords, sombre et terrible écueil
Au pied duquel gémit plus d'une épouse en deuil?...

Vous le saurez bientôt... Entrons à la chapelle,
Où la cloche en vibrant chaque dimanche appelle
Ceux d'entre les captifs dont le prêtre a fait choix
Pour louer le Seigneur en mariant leurs voix.

On vient de déployer la bannière sacrée.
La porte s'est ouverte et la foule est entrée,
Car on peut aujourd'hui pénétrer dans ce lieu :
C'est un jour de bonheur, c'est la fête de Dieu !

Voyez, tout resplendit, tout brille, tout rayonne :
La Vierge sous son dais, le Christ sous sa couronne.
Pour orner l'humble autel, on a choisi des fleurs
Que l'aube matinale emperlait de ses pleurs ;
A voir l'éclat brillant et la fraîcheur des roses,
Dans les jardins du ciel on les dirait écloses,
Et rien n'est plus charmant, plus suave et plus pur
Que la neige des lis mêlée aux fleurs d'azur !

Mes frères en douleurs, ah ! quel beau jour se lève !
Oubliez vos tourments, — de Dieu voici la trêve !
Et laissez dans vos cœurs le repentir entrer,
Car voici votre Dieu qui vous a vus pleurer,
Qui dans vos sombres nuits a compté vos souffrances,
Et qui vient, précédé des blanches espérances,
Soulager, ranimer, consoler et guérir
Les cœurs où tout espoir semblait près de tarir !
Oui, ce Dieu tout-puissant et toujours secourable,
Qui sème les soleils et qui rougit l'érable,

Ce Dieu bon, que sans crime on ne peut rejeter,
Il descend jusqu'à vous, il vient vous visiter,
Et sa main, de vos fronts effaçant les souillures,
Veut relever votre âme et guérir vos blessures!...

Mais, silence! déjà j'entends les chants pieux
Qu'accompagne en pleurant l'orgue religieux.
Le prêtre est à l'autel... A sa voix qui supplie
Pour ceux qu'il veut sauver, la foule recueillie
Se prosterne, et des pleurs, des pleurs silencieux,
Douce aumône des cœurs, coulent de tous les yeux...
Un ange les reçoit, ces larmes, et les compte.
Puissent-elles, Seigneur, racheter de la honte
Deux d'entre nous dont l'âme, ouverte au repentir,
En s'appuyant sur toi ne saurait plus faillir!

Hosanna! L'encens fume et s'élève en nuage
Au pied du tabernacle où Dieu voit son image,
Où la Vierge sans tache, en ouvrant ses deux bras,
Semble appeler tous ceux qui souffrent ici-bas!

Refuge des pécheurs, appui de l'innocence,
Qu'il est doux, qu'il est doux d'invoquer ta puissance,
Et combien ton secours, en ces murs désolés,
Hélas! est nécessaire aux cœurs inconsolés!

      « J'accours vers celui qui m'appelle, »
   Dit la Vierge au front triomphant,
      « Et j'offre une fleur immortelle
   « A qui veut être mon enfant.

      « Au nom des promesses divines,
   « Je viens pour t'aider à souffrir;

« Reçois la couronne d'épines,
« Bientôt tu la verras fleurir.

« Le Dieu clément qui te l'impose
« Et que tu ne méconnais plus,
« De chaque dard fait une rose
« Qui rayonne au front des élus.

« Crois, espère ! Laisse en ton âme
« S'amasser le divin trésor ;
« La foi, c'est un puissant dictame,
« La foi, c'est une échelle d'or !

« Peut-être que ta gerbe est mûre,
« Elle a grandi sous chaque pleur ;
« Tu risquerais par un murmure
« De flétrir ses épis en fleur.

« Deux anges vêtus de lumière
« Sont à la porte et vont l'ouvrir :
« Or, l'un se nomme la Prière,
« Et l'autre, c'est... le Repentir ! »

« Gloire à Dieu ! gloire à Dieu ! » chantent les voix captives,
Qui s'élèvent au Ciel, touchantes et plaintives ;
Et faisant tressaillir les hôtes du saint lieu,
Une voix dans les airs répète : « Gloire à Dieu ! »

LES PRISONNIERS.

« Gloire à Dieu dans le Ciel ! Gloire au Sauveur des hommes !
Heureux qui pour toujours met son espoir en lui !

Sa main peut nous tirer de l'abîme où nous sommes ;
Naufragés de la terre, implorons son appui ! »

LE PRÊTRE.

« Pécheurs, offrez à Dieu vos larmes et vos peines ;
Il faut un front docile aux justes châtiments ;
Et songez, en portant le fardeau de vos chaînes,
A son Fils qui, pour vous, est mort dans les tourments ! »

UNE VOIX.

« Quand la nuit est bien noire et l'ombre bien épaisse,
Que nul astre sauveur ne brille dans les cieux,
Qu'aucun regard humain jusqu'à vous ne s'abaisse,
Et qu'une ombre sanglante apparaît à vos yeux ;

Quand le traître Malheur vous surprend et vous laisse
Exposé nu, sans force, aux regards envieux,
Que votre cœur se rompt, que votre âme s'affaisse,
Refusant de porter un fardeau glorieux ;

Quand un ruisseau de pleurs a creusé votre joue,
Quand le remords rongeur sur votre front secoue
Le sombre désespoir, brûlant comme un fer chaud ;

Quand parmi ces vains bruits que votre oreille écoute,
Aucune voix ne peut vous indiquer la route,
Frères, levez les yeux : votre phare est là-haut ! »

PRIÈRE DU PRISONNIER.

« O Seigneur, si parfois on t'oublie ou t'insulte,
Entretiens mon esprit et mon cœur dans ton culte ;
Vers le bien et le vrai dirige ma raison ;
Règle, jetant l'oubli sur mes fautes passées,
Toutes mes actions et toutes mes pensées,
Et reste mon seul but et mon seul horizon.

Sois toujours l'eau vivante où mon âme s'abreuve ;
Fais que, sans murmurer, j'accepte toute épreuve,
Que mon pied toujours marche au sentier de ta loi,
Et donne-moi d'aimer, Seigneur, pour que tu m'aimes.
Tous les hommes jusqu'à mes ennemis eux-mêmes,
    Tous mes frères en toi.

Puis, Seigneur, eux aussi, couvre-les de ton ombre ;
Verse-leur le trésor de tes grâces sans nombre ;
Fais régner le bonheur sous leurs toits triomphants,
Et bénis à la fois leurs champs toujours prospères,
Le seuil de leurs maisons, les tombes de leurs pères,
Et les berceaux joyeux où dorment leurs enfants.

Dispense de tes mains, ô Seigneur, toujours pleines,
Les toisons à leurs prés, les moissons à leurs plaines,
A leur cœur la lumière, à leur esprit le jour ;
Mais surtout mets entre eux la paix douce et sereine,
Ote aux grands le mépris, ôte aux petits la haine,
    Et donne à tous l'amour. »

Mais du pied de l'autel quelle autre voix s'élève ?
Est-ce un ange au luth d'or qui soupire ? Est-ce un rêve ?
Quels sons religieux, quels suaves accents
Se mêlent tout à coup aux parfums de l'encens ?…

Des vierges du Seigneur ce sont les voix fidèles ;
Leur chant mystérieux est doux comme un bruit d'ailes.
Leurs fronts, sous le lin pur des voiles aux longs plis,
Ont l'éclat virginal et la blancheur des lis.
Leurs pieds ne sont pas faits pour marcher dans nos fanges,
Car elles ont la grâce et la candeur des anges.
Chastes fleurs sur la terre écloses pour les cieux,
La beauté de leur cœur éclate dans leurs yeux.
De la charité sainte intrépides apôtres,
Elles viennent unir leurs prières aux nôtres,
Et former le cortége auguste et solennel
Qui doit accompagner les pas de l'Éternel !

Tandis qu'un chant sacré sous les voûtes résonne,
Soudain, en s'abaissant, la bannière frissonne ;
L'orgue pleure et mugit, le tambour bat aux champs
Et couvre de son bruit la musique et les chants…

Chrétiens, prosternez-vous la face contre terre :
Voici le Roi des rois, ineffable mystère,
Le Très-Haut, l'Incréé, le Dieu terrible et doux,
Qui descend de l'autel et s'incline sur vous.

Il s'avance, porté dans les mains du saint prêtre
Que pour les prisonniers il a choisi peut-être,
Et dont la charité dissipant nos soucis
Gagne les plus mauvais et les plus endurcis.

Un signal est donné : les cellules s'entr'ouvrent.
Quel spectacle touchant les prisonniers découvrent !

Sous un dais précédé de rameaux et de fleurs,
Portant le Sacrement, paraît, les yeux en pleurs,
L'ami des prisonniers par qui leur cœur espère,
Leur appui, leur soutien, leur sauveur et leur père
Qu'une joie infinie inonde de ses flots ;
Et leur cœur ulcéré se gonfle de sanglots...
Captifs, les voix du ciel ont vibré dans l'espace :
A genoux ! à genoux ! c'est votre Dieu qui passe !

Oh ! qu'il est bon, ce Dieu trop souvent délaissé !
Vous l'avez méconnu, vous l'avez repoussé ;
Par l'oubli de son nom, le crime et le blasphème,
Vous avez insulté sa majesté suprême ;
Vous l'avez chaque jour, et peut-être cent fois,
Outragé, bafoué, flagellé, mis en croix,
Lui lançant, malheureux ! le sarcasme et l'injure,
Couvrant son front divin de votre bave impure !
Et lui, le Dieu clément, voici qu'il vient à vous,
Non comme un Dieu vengeur, plein d'un juste courroux,
Mais comme un tendre agneau, mais comme une colombe,
Pour dissiper l'horreur qui règne en votre tombe,
Pour essuyer vos pleurs, pour soulager vos maux,
Vous racheter encore et bénir ses bourreaux !...

L'entendez-vous, ce Dieu que l'insensé repousse?
« Venez à moi, dit-il de sa voix tendre et douce,
« O vous tous qui pleurez, je vous consolerai !
« O vous tous qui souffrez, et je vous guérirai ! »

Oubliant vos méfaits, vos injures cruelles,
Il parle comme un père à ses enfants rebelles,
Et sur vos rudes fronts, plus durs que le granit,
Levant ses bras divins, pécheurs, il vous bénit !...

Il vous bénit ! Son cœur, que la pitié désarme,
Pour vous absoudre, enfin, ne veut rien... qu'une larme !

———

O chantre d'Eloa, cœur palpitant d'amour,
Que n'ai-je tes accents pour chanter ce beau jour !
Que ne puis-je montrer aux yeux de l'incrédule
Le captif frémissant courbé dans sa cellule,
Le captif qui, — mon Dieu, votre pouvoir est grand ! —
Entré mort en ces lieux, en sortira vivant !...

Mais ma force s'éteint et ma plume s'arrête...
Les douleurs du captif ont brisé le poète,
Et l'incrédule peut, souriant et moqueur,
A mes vers imparfaits lancer un trait vainqueur !

Hélas ! dans le désert que jonchent nos croyances,
A peine si Dieu seul au fond des consciences,

Reste debout, ainsi qu'à l'horizon d'azur
Quelque socle perdu dans les sables d'Assur,
Ruine qui survit à la place du temple,
Et que le voyageur parfois de loin contemple,
Sans demander quel nom, du granit effacé,
Y faisait accourir les peuples du passé.
Dans les choses du cœur, dans les choses du monde,
L'obscurité devient chaque jour plus profonde.
En nous, autour de nous, dans l'âme, dans l'esprit
Le crépuscule augmente et le jour s'amoindrit.
Comme un astre au déclin, qui sombre dans la nue,
Le flambeau du Seigneur à nos yeux diminue,
Et, dans notre horizon, chaque jour plus étroit,
De ce soleil divin la lumière décroît.
Notre pied ne sait plus gravir la cime auguste
Où le vrai resplendit, où rayonne le juste,
Ni notre aile essouflée atteindre, en son essor,
Ce faîte où la Foi sainte a son pieux trésor.
Toute haute pensée offusque nos prunelles,
Nous mettons en oubli les choses éternelles,
Et nous ne songeons plus que croire, c'est savoir,
Et que tout droit humain est frère d'un devoir !

O Christ ! viens rafraîchir nos âmes altérées !
Fais refluer nos eaux vers les sources sacrées,
Ressuscite l'amour au fond de tous les cœurs,
Éclaire les esprits, pleins de doutes moqueurs.
Explique-leur le sens de cette vie obscure,
De la vie éternelle incomplète figure.
Des chaînes du péché brise tous les anneaux ;
Au bord de tout abîme allume tes fanaux.

Ouvre, pour l'introduire en ton royaume immense,
A tout le genre humain les bras de ta clémence.
Fais tomber, en passant, de leur vieux piédestal,
Le mensonge des dieux de marbre ou de métal,
Et dans le fond obscur des âmes, reparaître
Le flambeau que ce siècle est près de méconnaître !

Que s'il reste des cœurs par l'erreur endurcis,
Ou des yeux, par la nuit du vieux monde obscurcis,
Aux peuples dont l'oreille est fermée aux oracles,
Parle, ô Maître divin, la langue des miracles.
Guéris, en les touchant simplement de tes mains,
Les infirmes couchés au bord de tes chemins ;
Fais parler les muets et rends aux sourds l'ouïe ;
Rouvre à l'aveugle obscur sa prunelle éblouie,
Et fais sortir vivant Lazare, ton ami,
De la tombe où sa chair quatre jours a dormi,
Symbole universel de la race des hommes
Que ta main doit tirer du sépulcre où nous sommes,
Pour la conduire enfin dans la sainte cité
Que le ciel a construite en son éternité !

———

O Seigneur, toi qui sais le nombre des étoiles,
Perles d'or dont la nuit brode ses sombres voiles,
Et comptes chaque jour dans leurs gouffres béants
Les sables des déserts, les flots des océans ;
Toi qui sais tous les pleurs sortis de mes paupières,
Toi dont l'oreille entend mes cris et mes prières,

Toi qui vois les sueurs de mon front ruisseler,
Et qui sens sous tes mains tous mes membres trembler,

Seigneur, reprends enfin la couronne d'épines !

J'ai vidé jusqu'au fond le calice rempli,
Sur ton enfant captif étends tes mains divines,
Fais qu'il trouve ici-bas le repos... et l'oubli !

Mazas, juin 1865.

IMPRIMÉ PAR CHARLES NOBLET, RUE SOUFFLOT, 18.